Janvier 1914

ANTIQUITÉS

D'ORIENT

Beaux Verres Romains Irisés

OBJETS ANTIQUES DE GRÈCE, ÉGYPTE & SYRIE

BELLES FAÏENCES DE FOUILLES

DE SYRIE & DE PERSE

Miniatures, Manuscrits, Laques, Bronzes

ASSIETTES, PLATS, BOLS ET POTICHES DE PERSE

Objets divers

BEAUX TAPIS DE PERSE

ET D'ORIENT

DONT LA **VENTE** AURA LIEU

HOTEL DROUOT — SALLE N° 11

Le Lundi 19 et le Mardi 20 Janvier 1914

à 2 heures précises

COMMISSAIRE-PRISEUR :	EXPERT-ANTIQUAIRE :
Me G. FRANÇOIS	**M. E. D. PIGNATELLIS**
23, Rue Le Peletier, 23	*10, Rue de Montpensier, 10*

CHEZ LESQUELS SE DISTRIBUE LE CATALOGUE

EXPOSITION PUBLIQUE

A L'HOTEL DROUOT, le Dimanche 18 Janvier 1914, de 2 h. à 6 h

NOTA. — Les TAPIS seront vendus le Mardi 20 Janvier, à 4 h. 15

C. Chaufour Impr.
8, rue Milton Paris

CONDITIONS DE LA VENTE

La vente sera faite expressément *au comptant*.

Les acquéreurs paieront **dix pour cent en sus** *des prix d'adjudication*.

L'exposition publique mettant les acquéreurs à même de se rendre compte de l'état et de la nature des objets mis en vente, il ne sera admis *aucune réclamation* une fois l'adjudication prononcée.

L'Expert se réserve le droit de grouper ou de diviser les lots.

M. E. D. Pignatellis se charge aux conditions habituelles (5 o/o sur le chiffre des adjudications) des commissions qu'on voudra bien lui confier.

L'ordre des vacations sera suivi.

ORDRE DES VACATIONS

Lundi 19 Janvier 1914

Verres romains irisés et colliers de Syrie.	Nos	1 à 54
Antiquités de Grèce, Egypte et Syrie....		55 à 140
Objets divers..........................		141 à 144
Faïences de fouilles de Syrie, **4 h. 45**..		287 à 309
Faïences de fouilles de Perse..........		145 à 165
» »		230 à 260
Plats, cuvettes et potiches de Perse.....		421 à 446

Mardi 20 Janvier 1914

Faïences de fouilles de Perse...........	166 à 229
» »	261 à 286
Bronzes de Perse.......................	310 à 320
Miniatures, manuscrits, laques.........	321 à 349
Tapis de Perse et d'Orient, **4 h. 15**......	350 à 420
Plats, bols, potiches, carreaux..........	447 à 463
Objets variés..........................	464 à 475

DÉSIGNATION

VERRES IRISÉS ET COLLIERS

PROVENANT DE FOUILLES DE SYRIE

1 — Quatre petits *verres* irisés.

2 — Quatre petits *verres* irisés.

2 *bis* — Quatre petits *verres* irisés.

3 — Deux *flacons* étroits magnifiquement irisés.

4 — *Flacon* cylindrique jaune a anse verte. Irisé.

Haut. : 0m13.

5 — *Gobelet* bien irisé.

Haut. : 0m09.

6 — Belle *bouteille* pomiforme, goulot évasé, cannelures verticales sur la panse. Belle irisation multicolore et argentée.

Haut. : 0m11.

6 *bis* — *Œnochoé à anse,* goulot trilobé. Belle irisation argentée.

Haut. : 0m10.

7 — Belle petite *bouteille* piriforme, goulot étroit peu évasé, et sur la panse, cannelures circulaires. Superbe irisation argentée.

Haut. : 0m10.

8 — Petit *bol*. Irisation argentée.

Haut. : 0m05 ; Diam. : 0m08.

9 — Petit *vase* pomiforme, goulot large peu évasé. Quatre appendices sur la panse. Belle irisation multicolore.

Haut. : 0m07.

10 — Petit *vase* pomiforme, goulot large, cannelures verticales sur la panse. Irisation multicolore.

Haut. : 0m06.

11 — *Flacons-jumeaux* à deux petites anses, cannelures circulaires sur les panses. Belle irisation multicolore.

Haut. : 0m14.

12 — Grande et profonde *coupe* côtelée. Irisation multicolore et argentée.

Haut. : 0m06 ; Diam. : 0m13.

12 *bis* — Trois *bracelets* bien irisés.

13 — *Flacon* pomiforme, goulot bien évasé ; sur la panse, décor quadrilatéral en relief. Belle irisation multicolore.

Haut. : 0m08.

14 — Beau *flacon*, pointu par le bas, goulot large et évasé. Belle irisation argentée.

Haut. : 0m10.

14 *bis* — *Œnochoé* à anse, verre grenat. Magnifiquement irisé.

Haut. : 0m19.

15 — Petit *vase* pomiforme, goulot bien large. Belle irisation multicolore.

Haut. : 0m07.

15 *bis* — *Vase* pomiforme, goulot très bas mais bien évasé. Superbe irisation multicolore.

Haut. : 0m08.

16 — *Flacon* pomiforme, goulot bien évasé. Magnifique irisation verte mauve.

Haut. : 0m08.

16 *bis* — Petit *vase* pomiforme, goulot large. Belle irisation multicolore.

Haut. : 0m06.

17 — *Bouteille* pomiforme, goulot bas et étroit. Irisation multicolore.

Haut. : 0m10.

18 — Magnifique *bouteille* piriforme, goulot long. Superbe irisation verte rouge feu.

Haut. : 0m15.

18 *bis* — Deux tout petits *vases* pomiformes, goulot large. Magnifiquement irisés.

Haut. : 0m04.

19 — Beau *flacon* piriforme, goulot évasé. Superbe irisation verte multicolore.

Haut. : 0m08.

20 — Deux petits *vases* pomiformes. Irisation nacre.

Haut. : 0m06; Diam.: 0m07.

21 — Petit *vase* pomiforme, goulot bas, cannelures verticales sur la panse. Irisation multicolore.

Haut. : 0m07.

21 *bis* — Petit *vase* pomiforme, goulot bas et large. Irisation multicolore.

Haut. : 0m07.

22 — Petit *vase* pomiforme cannelé. Belle irisation verte rouge feu.

Haut. : 0m07.

23 — Belle petite *bouteille* piriforme jaunâtre, goulot étroit peu évasé et, sur la panse, cannelures circulaires blanches. Superbe irisation verte orange argentée.

Haut. : 0m09.

24 — Très belle *bouteille*, goulot long et bien évasé. Magnifique et rare irisation verte rouge feu.

Haut. : 0m10.

24 *bis* — Grand vase pomiforme, goulot large bien évasé. Belle irisation multicolore.

Haut. : 0m12.

25 — *Flacon* piriforme avec belles irisations.

Haut. : 0m11.

25 *bis* — Magnifique *flacon* à parfum pomiforme, pâte verte, dessins circulaires et festonnés en pâte blanche, irisation verte. Pièce rare.

Haut. : 0m10.

26 — *Amphore* phénicien, pâte de verre bleue ornée de dessins en émail blanc et jaune. Belle pièce de collection.

Haut. : 0m08.

27 — *Bouteille* bleu foncé, encerclée d'émail blanc. Irisée.

Haut. : 0m09.

28 — Petit *encrier* phénicien à deux anses, pâte de verre noire, ornement en émail blanc sur la panse.

28 *bis* — Deux *bracelets* en pâte de verre phéniciens.

29 — *Biberon* avec belles irisations.

30 — *Gobelet*. Belle irisation argentée.

Haut. : 0m10.

31 — *Omont* arabe. Irisation multicolore.

Haut. : 0m12.

32 — Belle *bouteille* pomiforme, cannelures circulaires blanches sur la panse. Magnifique irisation multicolore.

Haut. : 0m10.

33 — *Flacon* pomiforme, goulot évasé, décor quadrilatéral en relief sur la panse.

Haut. : 0m07.

34 — *Flacon* à deux anses, grenat, ornements en relief sur la panse.

Haut. : 0m06.

35 — Petit *flacon* pomiforme, goulot évasé. Superbe irisation multicolore.

Haut. : 0m04.

36 — Très belle *bouteille* pomiforme, goulot évasé, décor quadrilatéral en relief sur la panse. Magnifique irisation multicolore.

Haut. : 0m08.

37 — *Bouteille* pomiforme, cannelures circulaires blanches sur la panse. Irisation argentée.

Haut. : 0m09.

38 — Très beau *flacon* piriforme, goulot large, cannelures verticales sur la panse. Magnifique irisation bleu vert doré.

Haut. : 0m05.

38 *bis* — *Bracelet* bleu magnifiquement irisé.

39 — *Œnochoé* à anse, goulot trilobé. Irisation argentée

Haut. : 0m10.

40 — Beau *flacon* pomiforme, goulot large. Irisation multicolore.

Haut. : 0m07.

40 *bis* — *Œnochoé* à anse. Belle irisation multicolore.

Haut. : 0m20

41 — Petit *bol*. Irisation argentée.

Diam. : 0m08.

41 *bis* — *Bracelet* cotelé. Irisé.

42 — *Flacon* pomiforme, goulot large. Belle irisation multicolore.

Haut. : 0m07.

43 — *Vase* pomiforme, goulot très bien évasé. Superbe irisation multicolore.

Haut. : 0m,0.

44 — Superbe *bouteille* pomiforme, petit goulot peu évasé. Très belle et magnifique irisation arc-en-ciel. Très belle pièce de collection.

Haut. : 0m13.

45 — Petit *bol* bleu irisé.

Diam. : 0m85.

45 *bis* — *Flacon* piriforme, pâte de verre blanche, décor en relief, sujets poissons. Restauré.

Haut. : 0m09.

46 — *Collier* en perles cornalines.

46 *bis* — Beau *bracelet* large, cannelures circulaires. Magnifiquement irisé.

47 — *Deux colliers* en perles pâte de verre mosaïque et cristal de roche.

47 *bis* — Quatre *bracelets* dont un phénicien. Magnifiquement irisés.

48 — *Deux colliers* en perles cornalines.

48 *bis* — Grande *coupe* côtelée.

49 — Grand *collier* en perles agate jaspée.

50 — *Collier* en perles fines verre irisé et cornaline.

51 — *Verre à boire* en forme de cône allongé, arabe.

Haut. : 0m13.

51 *bis* — *Flacon* piriforme grenat. Irisé.

Diam. : 0m10.

52 — *Flacon* pomiforme, goulot évasé. Irisé.

Haut. : 0m12.

53 — Beau *collier* perles plates agates et cornalines.

53 *bis* — *Collier* perles rondes, agates et cornalines.

54 — *Collier* petites perles rondes, agates, verres, cornalines, etc.

54 *bis* — Petite *coupe* profonde, cannelée. Magnifiquement irisée.

ANTIQUITÉS DE GRÈCE, SYRIE ET EGYPTE

55 — Deux *lécythes* peints trouvés à Thèbes.

56 — Deux *anses* têtes de lion, bronze, trouvés près d'Alep.

57 — *Statuette* archaïque de femme assise tenant un petit chien, trouvée à Thèbes.

58 — *Vénus* sortant du bain, terre cuite, trouvée à Acarnanie.

59 — *Rhyton*, terre cuite, trouvé près de Vonitza.

60 — *Deux fragments* de statuettes terre cuite.

60 *bis* — Cinq petites *têtes* terre cuite.

61 — *Europe sur bœuf* archaïque, terre cuite.

62 — Quatre petits *aryballes* peints, trois corinthiens et un athénien.

63 — Deux pièces : *pied bronze* et *lampe* forme pied, *terre cuite.*

63 *bis* — Quatre petites terres cuites : *trois têtes et cochon.*

64 — Deux statuettes : *archaïque* debout et *figur.ne* assise.

65 — Quatre bronzes : trois petites *statuettes* et petit masque.

66 — *Tête de femme* marbre, socle en bois.

Haut. : 0m10.

67 — Petit *torse* de guerrier, albâtre.

68 — *Statuette*, égyptienne assise de l'époque ptolemaïque, albâtre.

69 — Deux petites *têtes*, romaine en bronze et égyptienne en pierre calcaire.

69 *bis* — Quatre petits *bronzes* de différentes époques.

70 — *Socle de statue* antique, marbre.

70 *bis* — *Cheval* archaïque, pierre tendre.

71 — *Bas-relief assyrien, Roi et Reine* et inscription, marbre. (Voir pl. I).

72 — Fragment *de bas-relief* grec représentant Bacchante (Voir pl. I),

72 *bis* — Six *bagues* différentes.

73 — Deux petites *statuettes*.

73 *bis* — *Coupe* de Corinthe peinte, décor sujets, animaux.

74 — Deux *cartons* d'étoffes coptes, encadrés.

74 *bis* — Deux *cartons* d'étoffes coptes dont l'un encadré.

75 — Carton *d'inscriptions démotiques* sur pierres et terres cuites.

75 *bis* — *Treize pièces* : cachets, cylindres, camées, scarabées, petites têtes, etc.

76 — Fragment de *bas-relief* grec, marbre pentélique, représentant jeune femme debout.

Haut : 0m45.

77 — *Tête* de femme voilée, pierre tendre. Socle pierre tendre.

Haut. : 0m28.

78 — *Tête* archaïque d'homme barbu, pierre tendre Socle marbre. (Voir pl. II).

Haut. : 0m25.

79 — *Cratère* trouvé à Thèbes, décor peint sujet : l'Apothéose de l'Amour au milieu de quatre satyres.

Haut. : 0m37.

80 — *Satyre* debout, terre cuite. Socle en bois.

Haut. : 0m25.

80 *bis* — *Danseuse* terre cuite. Socle en bois.

Haut. : 0m22.

81 — Deux statuettes terre cuite : *femme assise* près d'un puits et *femme tenant un seau*. Socles en bois.

Haut. : 0m15 et 0m13.

82 — Deux statuettes terre cuite : *danseuse* et *musicien*. Socles en bois.

Haut. : 0m12 et 0m11.

83 — Deux statuettes terre cuite : deux *divinités* égyptiennes et *jeune enfant*. Socles en bois.

Haut. : 0m15 et 0m11.

84 — *Statuette* terre cuite : jeune fille sur un rocher. Socle en bois.

Haut. : 0m09.

85 — *Figurine* de *Smyrne*, terre cuite.

Haut. : 0m24.

86 — *Femme debout*, terre cuite.

Haut. : 0m42.

86 *bis* — Huit *terres cuites* : *jouets*, etc.

87 — Six terres cuites : quatre *statuettes* et deux *pigeons*.

88 — Trois terres cuites : *Vénus*, *buste de femme* et *tête* émaillée.

89 — Trois vases peints : *amphore*, décor sujets athlète et femme et deux petits *skyphos*, décor sujets hiboux.

90 — Deux *lécythes* peints de Béotie.

Haut. : 0m14.

90 *bis* — Deux *lécythes* peints de Béotie.

91 — Trois pièces : deux *lécythes* peints de Béotie et *skyphos* peint archaïque de Corinthe.

92 — Trois *plats* terre cuite dont l'un émaillé noir incrusté émail blanc.

93 — Deux bronzes : *miroir* et *cuillère médicale* ornée de la tête d'un cerf.

94 — *Toilette* en bronze.

95 — Quatre bronzes égyptiens : trois *statuettes* assises et un petit *taureau*.

96 — Deux *statuettes* égyptiennes debout, bronze.

97 — *Tête de Niobé*, marbre grec (Voir pl. II).

Haut. : 0m27.

98 — *Petite statue de femme* drapée, le pied droit sur un rocher. La tête manque, marbre grec (Voir pl. I).

Haut. : 0m54.

99 — *Masque d'homme*, pierre tendre.

Haut. : 0m25.

100 — *Fragment* de reliure en bronze d'un manuscrit byzantin, représentant un saint avec inscription grecque. Pièce très intéressante.

101 — *Intaille* pâte de verre, représentant L'Abondance.

102 — Troix *monnaies*, deux en argent et une en or.

103 — *Monnaie* en or byzantine.

103 *bis* — Vingt-deux *cachets* assyriens.

104 — Cinquante *intailles* provenant de Syrie.

104 *bis* — Soixante-six *intailles*, *cachets*, etc., provenant de Syrie.

105 — *Masque* d'Alexandre le Grand, marbre grec.

105 *bis* — *Petite tête de roi* trouvée en Egypte, basalte noire.

106 — *Bas-relief* égyptien avec inscription et deux cartouches, pierre tendre représentant la reine Cléopâtre, tenant d'une main le sceptre et de l'autre la clef ansée et le roi qui lui offre des fleurs de lotus, ils sont revêtus de tous les attributs divins. (Voir pl. I).

107 — *Chat* égyptien en bois, remarquable par ses dimensions et sa belle posture. Traces de dorures.

Haut. : $0^{m}70$.

108 — *Singe assis,* les mains posées à plat sur les genoux, la toison recouvrant le col est gravé de dessins symétriques. Pierre calcaire compacte primitivement polychrome. Empire Thébain.

Haut. : $0^{m}37$.

108 *bis* — *Sarcophage* et momie de chat.

109 — *Bas-relief* égyptien polychrome. Personnage debout, les mains levées en signe d'adoration. Pierre calcaire.

Haut. : $0^{m}52$.

110 — *Femme assise* vêtue de chenilles à mi-corps. Basalte noir.

Haut. : 0m38.

111 — *Reine agenouillée* portant la coiffure hathorienne surmontée de l'uraeus. Sur le devant du socle, légende hiéroglyphique.

Haut. : 0m32.

112 — Petit *bas-relief* pierre calcaire : Horus sous les traits d'épervier.

Diam. : 0m15 sur 0m16.

113 — *Buste d'Osiris*, bronze.

Haut : 0m26.

114 — *Petit torse d'homme,* basalte noir.

Haut. : 0m19.

115 — *Petit modèle* de sculpture en basalte noir, polissage inachevé : *Profil de femme.*

Diam. : 0m11 sur 0m15.

116 — *Batelier* en marche, bois peint.

Haut. : 0m33.

117 — *Nephthis* dans l'attitude rituelle, bois peint.

Haut. : 0m27.

118 — *Anubis* à gueule de cheval, bois peint.

Haut. : 0m16.

119 — Deux petites pierres calcaires : *Buste d'homme* et *loup* greco-alexandrin.

120 — Trois *statuettes égyptiennes* bronze.

121 — Quatre petites *pièces* égyptiennes : Tête de reine granit noir; tête d'homme calcaire et tête Hathor et épervier, terres cuites émaillées turquoise.

122 — *Homme couché,* marbre grec; la tête manque.

123 — Petit *torse* de femme, marbre grec.

124 — Deux bronzes : *Amour* et *Victoire ailée.*

125 — Trois petits bronzes : *Jupiter*, *chat* et *cheval marin.*

126 — Six petits bronzes : *lampe,* décor en relief sujets personnages; *lance, deux clefs* et *buste d'Osiris.*

127 — Trois terres cuites émaillées turquoise : *éperviers-jumeaux*, *scarabée* et *Dieu Soket.*

128 — Quatre petites terres cuites : *buste grotesque*, *masque* et *deux têtes.*

129 — *Tête* romaine de jeune homme, marbre.

130 — *Chapiteau* marbre grec.

131 — *Fragment de draperie*, marbre romain.

132 — *Torse* de buste romain, marbre.

133 — *Lampe* romaine bronze, monture moderne.

134 — *Tête de femme* marbre.

135 — *Vénus*, albâtre, trouvée près d'Alep.

135 *bis* — Deux *hérissons* , terre-cuite émaillé bleue.

136 — *Fragment de statue* égyptienne, granit noir.

137 — Deux pièces : *fragment* de *bas-relief* égyptien, pierre calcaire et *fragment de main*, marbre.

137 *bis* — Trois bronzes : *piédestal, tasse* à anse et *lampe.*

138 — Trois bronzes : *arbuste, anse-serpent* doublé argent et *médaillon.*

138 *bis* — *Lot* de dix cylindres et cachet assyriens et seize monnaies anciennes.

139 — Quatre pièces : Deux *bracelets* argent et deux *boucles d'oreilles.*

139 *bis* — Fragments de *plaques d'argent* provenant de fouilles.

OBJETS DIVERS

140 — *Jeanne d'Arc*, terre-cuite peinte, XVIe siècle (Voir pl. II).

140 *bis* — Garniture de cheminée, cinq pièces : trois *vases* et deux *potiches*, décor bleu sur fond blanc.

141 — *Tête* de jeune homme trouvée inachevée et attribuée à Donatello, marbre. (Voir pl. II).

141 *bis* — *Tête* de la célèbre cantatrice Malibran Félicia Garcia, marbre. (Voir pl. II).

142 — *Buffle* ancien, bronze. Travail de l'Extrême-Orient.

142 *bis* — Magnifique *pendule* Empire, bronze, décor sujet : Le Serment des Horaces.

143 — Très beau *collier* en énormes perles d'ambre.

143 *bis* — *Statuette* en bronze, style archaïque.

144 — Deux *carreaux* de revêtement de Damas.

Diam. : 0m19 sur 0m19.

144 *bis* — *Plat* de *Rhôdes*, décor polychrome.

FAIENCES DE FOUILLES DE PERSE

XIIe AU XIVe SIÈCLE

145 — Deux petits *bols* émaillés blanc et bleu, décor gravé.

146 — Petit *bol Arag*, décor bleu et noir sur fond blanc irisé.

147 — *Vase* cylindrique, décor rayures bleues sur fond blanc.

148 — *Vase Guébry*, décor vert sur fond crème irisé.

149 — Petit *bol Arag*, décor bleu et noir sur fond blanc irisé.

150 — *Vase* à anse vert turquoise, décor gravé.

151 — *Bol* bleu à reflets métalliques.

152 — Petit *bol* à reflets métalliques, décor sujet personnage oiseau.

153 — *Bol* émaillé bleu, beau décor en relief.

154 — *Bol* émaillé, décor noir sur turquoise irisé.

155 — *Bol* émaillé pourpre clair, décor gravé.

156 — *Chameau*, décor noir sur fond turquoise irisé.

157 — *Vase* à anse, désor vert, inscription arabique, rayures et dessins sur fond noir.

158 — *Bol* à reflets métalliques, beau décor.

159 — *Lanterne* à trois anses *Guébry* vert irisé.

160 — *Vase* a anse turquoise, le goulot aboutissant à une tête de coq, beau décor en relief.

161 — *Bol* à jour émaillé bleu.

162 — *Vase Guébry*, décor rayures vertes sur fond crème irisé.

163 — *Bol* émaillé, décor vert, inscriptiou arabique sur fond noir.

164 — *Bol* à reflets métalliques, décor sujet personnage, oiseau.

165 — *Œnochoé* à deux anses, sujets lions, turquoise.

166 — *Bol* bicolore à reflets métalliques.

167 — *Bol Guébry*, décor vert sur crème.

168 — Petit *plat Rey*, décor noir sur fond turquoise irisé et inscription arabique turquoise sur fond noir.

169 — *Vase* à anse *Rey*, décor vert, inscription arabique et rayures sur fond noir.

170 — Deux *fonds de bols* à reflets métalliques, décor sujets personnages et cavalier.

171 — Petit *bol Rhagès*, décor polychrome sujets deux lions à têtes de personnages, deux personnages assis et inscription coufique sur fond turquoise. A l'extérieur inscription arabique. Pièce intéressante.

172 — *Bol* émaillé turquoise, à l'extérieur décor en relief.

173 — Petit *bol* à reflets métalliques, décor personnage assis.

N° 106 N° 71 N° 72

N° 98

174 — Deux pièces: petit *bol* émaillé bleu, décor gravé, et petit *vase* à anse en terre cuite, décor en relief.

175 — *Bol* profond émaillé crème.

176 — Beau *bol Rey*, décor bleu et noir et inscriptions arabiques sur fond crème bien irisé.

177 — *Personnage assis* à reflets métalliques.

178 — *Bol* émaillé, quatre rayures bleues sur fond crème.

179 — *Bélier* à reflets métalliques, décor sujets quatre personnages. Belle pièce.

180 — Petit *bol* bicolore à reflets métalliques. A l'extérieur, inscription coufique.

181 — Petit *bol* émaillé, décor quatre rayures bleues sur fond crème.

182 — Grand *plat* à reflets métalliques, décor deux personnages.

183 — Petite *assiette Rey*, décor noir et bleu et inscription arabique sur fond crème irisé.

184 — *Bol Arag*, décor bleu et noir sur fond crème irisé.

185 — *Carafe* tricolore à reflets métalliques.

186 — *Bol Rey*, décor bleu et noir sur fond turquoise irisé.

187 — *Carafe* turquoise, décor en relief, inscription coufique.

188 — *Vase* à anse à reflets métalliques, décor et inscription arabique.

189 — *Vase* à anse turquoise.

190 — *Bol* forme rose à reflets métalliques. A l'extérieur, inscription coufique.

191 — Petit *plat* émaillé, décor vert, inscription arabique sur fond noir.

192 — *Vase* à anse émaillé marron.

193 — Deux *fonds de bol et de plat* à reflets métalliques, décor sujets deux personnages.

194 — *Bol* émaillé bleu à reflets métalliques.

195 — *Bol* profond turquoise, à l'extérieur décor en relief.

196 — *Bol Rey*, beau décor bleu et noir sur fond turquoise irisé.

197 — Trois *fonds de bols*, un *Rhagès* décor polychrome sujet cavalier et deux à reflets métalliques, décor sujets oiseau et fleurs.

198 — Grand *bol* émaillé, décor vert sur fond noir irisé.

199 — Petit *bol* profond turquoise.

200 — Petit *bol* émaillé, décor vert sur fond uoir.

201 — Tout petit *bol Rhagès*, décor polychrome.

202 — *Bol Arag*, décor noir sur fond turquoise.

203 — Deux petits *bols Arag* et *Guébry*, décsrs bleu et vert sur fond crème.

204 — *Plat* bleu à reflets métalliques.

205 — Deux pièces *Guébry*, *lampe* à anse verte et petite *assiette* décor vert sur fond crème.

206 — *Bol* émaillé pourpre.

207 — *Bol* émaillé bleu irisé.

208 — Petite *assiette* émaillée bleu d'outremer.

209 — Petite *assiette* à reflets métalliques, à l'extérieur inscription coufique.

210 — *Porte-bouquet* turquoise, décor en relief.

211 — Deux *fonds de bols Rhagés*, décors polychromes sur fonds blanc et turquoise.

212 Grande *carafe* vert turquoise, décor gravé. Belle pièce.

213 — Grand *vase* cylindrique bleu à reflets métalliques.

214 — Beau *bol Rey*, décor noir et bleu et inscription arabique sur fond crème irisé.

215 — Deux *vases* à anse terre cuite.

215 *bis* — Trois *vases* à anse terre cuite.

216 — Trois *vases* à anse terre cuite, décor en relief.

217 — *Panneau* de neuf pièces dont cinq étoiles à reflets métalliques et quatre croix émaillées turquoise.

218 — *Bol* Rey, beau décor noir et bleu sur fond crème irisé.

219 — *Bol* Sultanabad, décor vert, inscription arabique sur fond noir bien irisé.

220 — *Fond* de bol Rhagès, décor polychrome et doré, sujet cavalier.

221 — *Deux fonds* de bols Rhagès, décor polychrome sujets animaux à tête de personnage et deux personnages.

222 — Deux *vases à anse* terre cuite, décor en relief.

223 — Deux *vases* à anse, terre cuite, décor en relief.

224 — *Coq-chandelier* turquoise, décor en relief.

225 — Grande *carafe* émaillée, décor en relief, inscription arabique.

226 — *Bol* Rey décor vert gravé, inscription arabique sur fond noir irisé.

227 — *Bol* Rey, beau décor bleu et noir sur fond turquoise.

228 — *Bol* profond à reflets métalliques, à l'intérieur bleu indigo.

229 — *Bouteille* à reflets métalliques, cannelures verticales sur la panse et décor sujets personnages.

230 — *Vase* émaillé blanc, décor gravé et rayures bleues.

231 — *Vase* à anse Rey, beau décor noir sur fond turquoise.

232 — Grand *bol*, décor bleu et noir et inscription arabique sur fond crème irisé.

233 — Petit *bol* à reflets métslliques, inscription coufique à l'extérieur.

234 — Petit *vase* à anse bleu d'outremer, décor en relief sujets figures.

235 — *Vase à anse* à reflets mételliques.

236 — *Vase à anse* crème, décor gravé.

237 — *Vase bleu à anse* à reflets métalliques, goulot large.

238 — *Vase* turquoise.

239 — *Bol*, décor rayures bleues sur fond crème irisé.

240 — *Bol* Rey, décor bleu et noir sur fond crème irisé.

241 — Grande *carafe* à reflets métalliques, cannelures verticales sur la panse, décor inscription coufique et dessins.

242 — Beau *Vase à anse* bleu d'outremer.

243 — Grand *plat* à reflets métalliques, décor sujets sept personnages.

244 — Grand *plat*, décor vert sur fond noir irisé.

245 — *Bol* Guébry vert, décor gravé.

246 — Grand *plat* à reflets métalliques, décor sujets quatre personnages, trois animaux et inscription coufique. Belle et intéressante pièce.

247 — *Bol*, beau décor noir sur fond turquoise irisé.

248 — Enorme *plat* à reflets métalliques, décor sujets personnages et animaux.

249 — Petit *bol* à reflets métalliques, à l'extérieur, inscription coufique.

250 — *Bol*, décor bleu et noir sur fond crème irisé' Intéressante pièce.

251 — Petit *bol* à reflets métalliques, décor sujets quatre personnages.

252 — *Vase à anse* bleu d'outremer.

253 — Beau *bol* décor bleu foncé.

254 — Grand *plat* Arag, beau décor bleu et noir. sujet lapin sur fond crème.

255 — *Bol*, décor rayures bleues, deux oiseaux et inscriptions coufiques sur fond blanc.

256 — *Bol* à reflets métalliques, inscription coufique et arabique.

257 — *Bol*, décor rayures bleues sur fond crème.

258 — Petit *bol* bleu, décor gravé.

259 — Petit *bol* à reflets métalliques.

260 — Grand *bol* Guébry, décor marron et gravé.

261 — *Bol* Guébry, décor marron et gravé.

262 — *Bol* Guébry, décor gravé.

263 — Grand *plat*, décor noir sur fond vert turquoise.

264 — Magnifique *vase* à anse, goulot large, à reflets métalliques, beau décor, sujets quatre personnages et dessins.

265 — Petit *bol* à reflets métalliques, à l'extérieur inscription coufique.

266 — Petite *assiette* à reflets métalliques, décor sujets quatre cavaliers.

267 — Beau petit *bol* à reflets métalliques, beau décor, sujet personnage assis. A l'extérieur inscription coufique.

268 — Petite *assiette* turquoise.

269 — Beau *vase* à anse à reflets métalliques, goulot large avec inscription coufique, décor sur la panse, sujet six animaux et inscription arabique.

270 — *Bol* émaillé, décor vert sur fond noir.

270 *bis* — *Plaque de revêtement* turquoise, beau décor en relief, sujet deux animaux.

271 — *Bol* à reflets métalliques, beau décor et inscription coufique. Belle pièce, bien conservée.

272 — *Bol Arag,* décor bleu et noir sur fond crème irisé. Pièce intéressante, bien conservée.

273 — Petit *bol Sultanabad,* décor noir sur fond bleu turquoise.

274 — *Bol* à jour émaillé crème, beau décor gravé.

275 — *Bol* émaillé blanc.

276 — *Bol Guébry*, décor vert sur fond crème.

277 — *Bol Guébry* crème, décor gravé.

278 — *Bol* émaillé bleu.

279 — Petit *bol*, décor rayures bleues sur fond crème irisé.

280 — *Bol* bleu à reflets métalliques, décor sujet personnage.

281 — Petit *bol Sultanabad*, décor noir sur fond vert turquoise.

282 — Deux pièces : petit *bol* à reflets métalliques décor sujet oiseau et petite *gourde* à deux anses bleue, décor marron, sujets figures.

283 — Beau et grand *plat* vert turquoise, décor gravé.

284 — Beau *bol Sultanabad*, décor bleu, rayures verticales et deux oiseaux et inscription arabique au milieu sur fond crème irisé. Très bien conservé.

285 — Grande *œnochoé* à trois anses *Guébry* vert foncé. Belle et intéressante pièce.

286 — Deux petits *carreaux* de revêtement à reflets métalliques et turquoise à décor doré.

286 *bis* — Deux petits *carreaux* de revêtement à reflets métalliques et bleu à décor en relief blanc.

FAIENCES DE FOUILLES DE SYRIE

287 — Petite *lampe* de faïence *Rakka* bleu turquoise. Bien irisée.

Haut. 0m09.

288 — *Œnochoé* à anse bleu turquoise avec belles irisations.

Haut. : 0m015.

289 — *Tabouret Rakka*, décor en relief, turquoise. Bien irisé. Très belle pièce de collection.

290 — Petit *bol Rakka* bleu turquoise.

291 — *Vase* à anse turquoise. Irisé.

292 — Beau et grand *vase Babylonien* à trois anses turquoise. Magnifiquement irisé.

Haut. : 0m60.

293 — *Vase* à deux anses *Rakka* bleu turquoise.

Haut. : 0m48.

294 — *Vase* à trois anses *Rakka* bleu turquoise.

Haut. : 0m50.

295 — *Vase* romain à deux anses vert. Irisé.

Haut. : 0m31.

296 — *Vase* à anse *Rakka* turquoise. Bien irisé.

Haut. : 0m30.

297 — *Porte-monnaie Rakka*, décor rayures noires verticales sur fond turquoise.

298 — *Bonbonnière Rakka*, décor marron sur fond crème.

299 — Trois faïences *Rakka* turquoise : *vase, œnochoé* et *encrier*.

N° 97 N° 78 N° 141 *bis* N° 141 N° 140

300 — Deux *vases Rakka* vert, décor inscription arabique en relief et crème, décor en relief.

301 — Trois petits *bols Rakka* à reflets métalliques, crème irisé doré et bleu irisé.

302 — Deux *œnochoés Rakka* crème. Bien irisé.

303 — Trois faïences *Rakka* : deux *bols* à refiets métalliques et petit *vase* blanc.

304 — Grand *bol Rakka* à reflets métalliques.

305 — Deux *bols Rakka* turquoise irisé et crème à décor noir.

306 — Deux *bols Rakka*, blanc irisé et à reflets métalliques.

307 — *Œnochoé* à anse turquoise. Irisé.

308 — *Vase* à deux anses crème. Irisé.

309 — *Bol* terre cuite, inscription judaïques.

BRONZES DE PERSE

310 — Neuf petits bronzes de fouilles : *bols*, *tasses*, etc.

311 — Trois petits bronzes : deux *miroirs* et une *assiette*.

312 — Petit *plateau* rond ancien en bronze, décor ciselé.

313 — Deux petits *plateaux* ronds en bronze provenant de fouilles, décor gravé.

314 — Deux bronzes : *mortier* et *lampe* à trois pieds et couvercle.

315 — *Lampe* à quatre becs, bronze.

316 — *Marmite* en bronze provenant de fouilles.

317 — Deux bronzes : *vase* et *lampe*.

318 — Deux bronzes : *chandelier* et *bonbonnière*.

319 — Deux *coupes* bronze dont une à pied, décor ciselé.

319 *bis* — Deux *chandeliers* bronze, décor ciselé.

320 — *Animal*, bronze monté pierrerie en porcelaine blanche.

MINIATURES, MANUSCRITS

LAQUES DE PERSE

321 — Deux *boîtes à miroir*, laque de Perse, décor polychrome, sujets oiseaux et fleurs,

322 — Deux *boîtes à miroir*, laque de Perse, décor polychrome, sujets oiseaux et fleurs.

323 — Deux *miniatures* polychromes : archevèque persan fumant le narghilé et jeune fille offrant des fleurs à son grand-père.

324 — Deux *miniatures* polychromes : homme et femme persans.

325 — Deux *miniatures* polychromes : le roi sur le trône et duel de deux cavaliers.

326 — Quatre *miniatures* polychromes : personnages.

327 — Quatre *miniatures* polychromes: duel de cavaliers, portrait de femme, deux amoureux et cavalier.

328 — Quatre *miniatures* : personnages.

329 — Cinq modèles d'*écritures persanes*.

329 *bis* — Huit pages d'*écritures persanes*.

330 — *Coran* du XVIIe siècle avec deux frontispices. Ecriture arabe.

331 — *Manuscrit* de prières du XVIIe siècle. Belle écriture arabe.

332 — *Manuscrit* de poésies persanes avec frontispice.

333 — *Manuscrit* du XVIe siècle avec frontispice.

334 — *Manuscrit* Golstan avec cinq beaux frontispices. Belle reliure en laque de Perse, décor polychrome fleurs.

335 — *Manuscrit* de poésies persanes avec frontispice plein d'ornements polychromes. Reliure cuir rouge, décor doré.

336 — Grand *Coran* avec deux frontispices dorés et polychromes. Ecriture noire arabe traduite en écriture rouge en persan. Belle reliure en laque de Perse, décor polychrome, fleurs.

337 — *Manuscrit* ancien avec un frontispice et *sept miniatures* polychromes. Poésies dédiées à Divan Soleïman.

338 — Trois *miniatures* : lutte d'animaux, après le bain et écriture persane ornée d'animaux et oiseaux.

338 *bis*—Grande *miniature* polychrome du XVIIe siècle : savant persan dans son jardin.

339 — Quatre *miniatures* : animaux, bateau, femme persane et le bûcheron avec sa famille.

339 *bis* — Grande *miniature* polychrome du XVIIe siècle : le roi et la reine s'amusant.

340 — Trois *miniatures* du XVIIe siècle : femmes.

340 *bis* — Grande *miniature* polychrome : l'entrée des fidèles à la mosquée.

341 — Deux *miniatures* du XVIIe siècle : fleurs avec oiseau et portrait d'un magistrat.

341 *bis* — Grande *miniature* polychrome du XVIIIe siècle : la reine sur le trône et entourée de ses musiciens, danseuses, chambellans, etc. Encadrée.

342 — *Ecriture persane*, miniature avec ornements polychromes, sujets personnages et animaux.

342 *bis* — *Miniature* polychrome du XVIIIe siècle : le roi, accompagné de son eunuque, reçoit son harem. Encadrée.

343 — Les six noms de la famille du prophète Mohamed en une seule *écriture persane* ornée de décors polychromes et dorés.

343 bis — Belle *reliure* en laque de Perse : fleurs.

344 — *Miniature* polychrome : femme persane. Encadrée.

345 — *Miniature* polychrome : savant persan.

346 — Grande *miniature* polychrome du XVIIe siècle avec texte persan : chasse du roi.

347 — Grande *miniature* polychrome du XVIIe siècle avec texte persan : personnage.

348 — Grande *miniature* polychrome du XVIIe siècle avec texte persan : duel de cavaliers.

349 — Grande *miniature* polychrome du XVIIe siècle avec texte persan : tailleur de pierres.

349 *bis* — Grande *miniature* polychrome du XVIIe siècle avec texte persan : bataille de cavalerie.

TAPIS DE PERSE ET D'ORIENT

350 — Beau *tapis Herat*, fin dessin crème, orange et bleu ciel sur fond bleu foncé. Triple bordure.

3^{m}60 sur 2^{m}75.

351 — *Tapis Cachan*, dessin polychrome, deux entrées de mosquée, trois médaillons et quatre angles, sur fond bleu foncé. Belle bordure.

3^{m}55 sur 1^{m}80.

352 — *Tapis Ispahan*, fin dessin polychrome, palmettes sur fond bleu foncé.

2^{m}35 sur 1^{m}40.

353 — *Tapis Gachegai*, dessin blanc, rouge et vert, quatre médaillons et huit demi-médaillons sur fond bleu foncé. Triple belle bordure.

2^{m}05 sur 1^{m}40.

354 — Magnifique *tapis Kerman*, très beau et rare dessin polychrome, feuilles de vigne sur fond crème. Cinq belles bordures, une large crème et quatre étroites, deux blanches et deux grenat. Tapis pure laine.

3^{m}80 sur 2^{m}55.

355 — *Tapis Ahmed-Abbad* (*Ispahan*), dessin polychrome sur fond rouge. Double bordure.

2^{m}15 sur 1^{m}38.

356 — *Tapis Herate*, beau dessin polychrome, double médaillon et quatre angles, sur fond bleu foncé. Belle bordure polychrome, palmettes sur fond bleu ciel.

2m95 sur 1m50.

357 — Très souple *tapis Cachan*, fin dessin polychrome, fleurs et feuilles sur fond bleu foncé. Belle et large bordure entourée de deux autres étroites.

3m90 sur 2m.

358 — Beau *tapis Herate*, fin dessin crème, orange et bleu ciel sur fond bleu foncé. Belles bordures.

3m80 sur 2m55.

359 — *Tapis Khorassan*, fin dessin polychrome sur fond bleu foncé. Belle bordure large et polychrome sur fond rouge, entourée de deux autres étroites.

3m25 sur 1m75.

360 — *Tapis Gachegaï*, dessin bleu foncé, blanc et vert sur fond rouge. Triple bordure.

2m65 sur 1m40.

361 — *Tapis Herate*, beau et fin dessin blanc, crème, bleu ciel et grenat sur fond bleu foncé. Belle bordure polychrome sur fond crème, entourée d'autres étroites.

3m90 sur 2m60.

362 — *Tapis Sultanabad*, dessin polychrome sur fond bleu foncé. Plusieurs bordures.

2m75 sur 1m40.

363 — *Tapis Hamedan*, dessin polychrome, médaillon et quatre angles sur fond rouge. Belles bordures.

4m20 sur 1m95.

364 — *Tapis Khorassan*, dessin polychrome, palmettes, sur fond bleu foncé. Bordure fond rouge.

4m85 sur 2m50.

365 — *Tapis Sultanabad*, dessin polychrome sur fond bleu foncé. Sept bordures étroites dont cinq fond rouge et deux fond blanc.

2m60 sur 1m40.

366 — *Tapis Gachegaï*, dessin polychrome, deux petits médaillons crème dans un grand bleu foncé. Triple bordure.

1m60 sur 1m20.

367 — *Tapis de galerie Chiraz*, dessin polychrome et six médaillons dont deux rouges, deux oranges, un blanc et un vert et grenat. Belle bordure.

3m40 sur 0m98.

368 — *Tapis Kerman*, dessin polychrome sur fond bleu foncé. Bordure fond blanc.

1m70 sur 1m20.

369 — *Tapis Chiraz*, dessin polychrome sur fond bleu foncé. Double bordure.

1m30 sur 1m05.

370 — *Tapis Sultanabad*, dessin rouge, bleu et blanc, feuillage sur fond rouge. Belle bordure.

1m40 sur 1m17.

371 — *Tapis*, dessin polychrome.

372 — *Tapis Chiraz*, dessin polychrome sur fond vert, au milieu médaillon fond grenat. Triple bordure.

1m35 sur 1m.

373 — *Tapis Gachegaï*, dessin polychrome sur fond rouge et bleu.

1m80 sur 1m25.

374 — *Tapis* souple *Arag*, dessin polychrome sur fond bleu foncé. Triple bordure.

1m75 sur 1m10.

375 — *Tapis Chiraz*, dessin polychrome, deux petits médaillons dans un grand médaillon, sur fond rouge.

1m18 sur 1m.

376 — *Tapis Sultanabad*, dessin polychrome, deux petits médaillons fond bleu ciel dans un grand médaillon fond orange. Plusieurs bordures.

1m60 sur 1m05.

377 — *Tapis Ferahan*, dessin polychrome sur fond bleu foncé. Triple bordure fond rouge.

1m65 sur 1m15.

378 — *Tapis Rahvar (Kerman)*, dessin polychrome sur fond bleu foncé. Triple bordure fond rouge.

1m70 sur 1m20.

379 — *Tapis Chiraz*, dessin polychrome sur fond bleu foncé. Triple bordure.

2m25 sur 1m50.

380 — *Tapis Rakvar (Kerman)*, dessin polychrome sur fond bleu foncé. Large bordure jaune entourée de cinq bordures étroites fond bleu foncé.

2m sur 1m20.

381 — *Tapis Arag*, dessin polychrome sur fond bleu, bordure fond pistache.

3m50 sur 2m75.

382 — *Tapis Arag*, dessin polychrome sur fond bleu, bordure fond rouge.

4m05 sur 2m60.

383 — *Tapis Arag*, dessin polychrome et médaillon sur fond bleu, bordure fond rouge.

3m95 sur 2m55.

384 — *Tapis Caucase*, fond or.

1m60 sur 1m15.

385 — *Tapis Schirvan*, dessin polychrome.

1m53 sur 1m15.

386 — *Tapis Schirvan*, motifs bleus sur fond crème.
1^{m}40 sur 0^{m}75.

387 — *Tapis Chiraz*, dessin polychrome, fond or.
1^{m}75 sur 1^{m}05.

388 — *Tapis Ferahan*, fond or couvert, bordure fond blanc.
2^{m}92 sur 1^{m}60.

389 — *Tapis Chiraz*, fond bleu à palmes, bordure blanche. Belle pièce veloutée.
3^{m}60 sur 1^{m}40.

390 — *Tapis Ferahan*, fond bleu couvert, coloris fanés.
3^{m}90 sur 2^{m}10.

391 — *Tapis Yordès*, fond bleu, bordure fond rouge.
2^{m} sur 1^{m}35.

392 — *Tapis de Perse Kelim*, double face, losanges rouges et verts.
2^{m}42 sur 1^{m}30.

393 — *Tapis Laule*, dessin palmes polychromes sur fond bleu.
2^{m}12 sur 1^{m}18.

394 — *Tapis Ferahan*, dessin polychrome sur fond bleu couvert, bordure fond blanc.
2^{m}70 sur 1^{m}35.

395 — *Tapis Bidjar*, très fin, fond corail couvert, bordure rinceaux.
2^{m}70 sur 1^{m}22.

396 — *Tapis de Perse Kelim*, double face, très fin, médaillon corail et blanc, bordure polychrome.
2^{m} sur 1^{m}30.

397 — *Tapis de Perse Kelim*, double face, très fin, fond marron, palmes vert et blanc, bordure bleu ciel.
1^{m}70 sur 1^{m}15.

398 — *Tapis Ferahan*, fond bleu couvert, bordure corail.

1m90 sur 1m10.

399 — *Tapis Ferahan*, fond bleu couvert, dessin polychrome.

1m86 sur 0m88.

400 — *Tapis Ferahan*, fond bleu couvert, dessin polychrome.

1m98 sur 1m02.

401 — *Tapis Cachegaï*, fond bleu, bordures fond blanc.

1m40 sur 1m.

402 — *Tapis Chiraz*, dessin polychrome, prlmettes, fond bleu, bordure fond blanc.

1m70 sur 1m.

403 — *Tapis Ahmed-Abbad* (Ispahan), fond bleu.

1m80 sur 1m12.

404 — *Tapis Cachegaï*, fond bleu, bordure fond blanc.

1m60 sur 1m20.

405 — *Tapis Arag*, fond rouge.

1m70 sur 1m10.

406 — *Tapis Hamedan*, fond rouge et médaillon bleu, trois bordures jaune et bleu.

1m75 sur 1m20.

407 — *Tapis Kermanshah*, fond rouge, médaillon fond bleu. Cinq bordures.

1m70 sur 1m20.

408 — *Tapis Karamanie* fond bleu et rouge.

2m sur 1m55.

409 — *Tapis Karamanie*, fond bleu, rouge et blanc.

2m35 sur 1m30.

410 — *Tapis Karamanie*, fond rouge et bleu.

411 — *Tapis Ghaim* fond bleu, bordure avec palmettes sur fond rouge.

2m20 sur 1m35.

412 — Petit *tapis Sultanabad*, fond bleu.

1m sur 0m75.

413 — Trois pièces : Deux *doubles-sacs* et *petit tapis* carré.

414 — *Tapis* du seizième siècle, fond bleu. Mauvais état.

3m85 sur 1m75.

415 — Neuf pièces : petit *tapis* et morceaux de *tapis*.

416 — *Tapis* de galerie *Hamedan*, dessin polychrome.

Environ 2m50 sur 0m90.

417 — *Tapis Ferahan.*

3m15 sur 1m54.

418 — *Tapis Tabris*, fin dessin polychrome et médaillon.

1m72 sur 1m22.

419 — *Tapis Khorassan*, fond rouge.

1m65 sur 1m05.

420 — *Tapis* de galeaie, fond bleu.

2m45 sur 0m98.

PLATS, BOLS, ASSIETTES

ET POTICHES DE PERSE

421 — *Bol*, décor bleu sur fond blanc.

422 — *Carafe* décor bleu foncé en relief sur fond crème.

423 — *Potiche*, décor bleu, sujet personnages, oiseaux et fleurs sur fond orange.

424 — *Porte-bouquets* à cinq goulots, décor bleu sur fond blanc.

425 — Deux pièces : *porte-bouquets* à quatre goulots et *œnochoé*, décor bleu sur fond blanc.

426 — *Œnochoé* blanche montée bronze.

427 — Deux pièces : *Petite potiche* et *passoire*, décor bleu et noir sur fond blanc.

428 — *Œnochoé* émaillée bleu clair montée métal.

429 — *Lampe* Boukhara à quatre becs et quatre goulots, décor noir sur fond turquoise.

430 — Grande *cuvette*, décor bleu et noir, sujets deux poissons et fleurs sur fond blanc.

431 — *Cuvette*, décor bleu et noir sur fond blanc.

431 *bis* — Petite *potiche*, décor noir sur fond turquoise.

432 — Petite *potiche*, décor noir sur fond turquoise.

433 — Petite *potiche*, décor noir sur fond turquoise.

434 — Petite *potiche*, décor noir sur fond turquoise.

435 — *Potiche*, décor noir sur fond turquoise.

436 — *Potiche*, décor noir sur fond turquoise.

437 — *Potiche*, décor noir sur fond turquoise.

438 — *Potiche*, décor noir sur fond turquoise.

439 — Deux petites *potiches*, décor bleu sur fond crème.

440 — Deux petites *potiches*, décor bleu sur fond blanc.

441 — Deux petites *potiches*, décor bleu sur blanc et noir sur blanc.

442 — *Potiche*, décor bleu, sujets personnages et fleurs sur fond orange.

443 — *Potiche*, décor bleu, sujets personnages et fleurs sur fond orange.

444 — Grand *plat* profond Goubatchi, décor bleu, sujets coq, fleurs et oiseaux sur fond blanc.

445 — Grande *potiche* verdâtre.

Haut. : 0m12.

446 — Quatre *vases*, un en pierre et trois turquoise.

447 — Deux *assiettes*, décor noir, sujets oiseaux et fleurs sur fond turquoise.

448 — Deux *bols* à jour, décor noir sur fond turquoise.

449 — Deux *assiettes*, décor noir, sujets fleurs et oiseaux sur fond turquoise.

450 — Deux *assiettes*, décor noir et bleu sur fond crème.

451 — Deux *assiettes*, décor noir et bleu sur fond crème.

452 — Deux *assiettes*, décor noir et bleu sur fond crème.

453 — Deux *assiettes*, décor noir sur fond turquoise.

454 — Deux *potiches*, décor bleu sur fond crème.

455 — Deux *potiches*, décor noir et bleu sur fond crème.

456 — Deux *potiches*, décor bleu sur fond blanc.

457 — Deux *potiches*, décor noir sur fond beige.

458 — Deux *potiches*, décor noir sur fond blanc.

459 — Deux *potiches*, décor noir et bleu sur fond beige.

460 — *Potiche*, décor bleu sur fond orange.

461 — Panneau de deux *carreaux de revêtement*, décor polychrome.

462 — Panneau de quatre *carreaux de revêtement*, décor polychrome.

463 — Deux pièces : *Assiette* et *bol* en pierre tendre sculptée, décor sujets personnages et animaux.

OBJETS VARIÉS

464 — Deux *poignards*.

465 — *Dix pièces* : Bouclier, laque de Perse polychrome, deux reliures, plumier et six coquetiers en bois.

466 — Lot d'échantillons *d'étoffes* et bordures de Perse.

467 — Grand *pistolet* incrusté or.

468 — Beau *boléro* en velours brodé, fil doré et argenté, dessin croissants. Parfait état.

469 — *Poignard*, fer damasquiné argent.

470 — Petit *coffret* fer damasquiné argent, décor sujets personnages.

471 — *Boîte à poudre*, fer damasquiné argent et or.

472 — *Œnochoé* à anse, fer damasquiné argent, décor sujets personnages.

473 — *Coupe à trois pieds* bronze, décor personnages.

474 — *Mortier* bronze, décor en relief et ciselé, sujets personnages.

475 — Objets omis.

www.ingramcontent.com/pod-product-compliance
Ingram Content Group UK Ltd.
Pitfield, Milton Keynes, MK11 3LW, UK
UKHW032008260826
14628UKWH00005B/2351

9 782329 391724